KB064813

기술자가 등장하는 시간

b판시선 42

조기조 시집

기술자가 등장하는 시간

도서출판 b

　처음 시를 짓기 시작할 무렵 기계, 기름, 기술이라는 세 가지 상징으로 삶과 노동의 세계를 그려보자는 마음을 먹었다. 기계는 세계라고 할 수 있고, 기름은 그 세계가 작동하는 힘의 원천이며, 기술은 세계가 작동하는 원리가 될 수 있겠다는 발상에서였다. 이렇게 마무리를 해본다.

　(뭔가 마무리를 하고 나면 삶은 적나라해진다.)

　시를 짓는 일만이 아니라 살아가는 일 모두가 서툴고 더디기만 해서 새 시집 한 권 펴내며 은근히 심기일전을 기대해본다.

| 차 례 |

제1부

은유의 기술

기계 만드는 일하다
책 만드는 일한다

기계 만드는 일하다
어떻게 책 만드는 일하느냐고?

기계도 어려웠고
책도 난해했지만

책 만드는 일은
기계 만드는 일과 다르지 않다

책은 기계의 은유니까

은유의 리듬만 살려내면
어디든 공장이다.

기술자가 등장하는 시간

세상을 살아가면서
해결할 수 없는 곤란에 부딪힐 때
당신은 기술자를 찾는다

컴퓨터가 고장일 때
보일러가 자동차가 멈췄을 때
당신은 기술자를 부른다

기술자가 어디서 어떻게 사는지
무엇을 좋아하는지 몰라도
당신은 문제를 해결해달라 청한다

그래도 상관없다는 듯이
어디선가 누군가가
부르면 달려가는 기술자

당신이 부자든 가난뱅이든
행복하든 불행하든 상관없이

가장 곤란할 때 기술자는 등장한다.

기술자

그는 기술자다
세상에 없는 기계를 만들고자 하는
그의 노동은 상상이고
상상은 그의 기술이다
그는 상상을 팔고 임금을 받는다

그의 상상은 자본으로 가서
생산매뉴얼이 되지만
돌아오는 것은 사용매뉴얼이다
사용매뉴얼은 기술이 아니다
생산매뉴얼이 가치의 원천이다

그는 자본이 싫다
자본을 싫어하는 기술자는
자본이 싫어하는 기술자다
그는 자본에 팔지 않는 기술을
자본이 살 수 없는 기술을 꿈꾼다

그는 누구도 가로채지 못하는
온전히 그의 것이며 모두의 것인
기술을 말하는 기술자다
말의 기술자
세상에 없는 말을 기술하는 기술자다.

저기 기술자가 걸어간다

저기 기술자가 걸어간다
온종일 기계를 만들고 고치는 기술자가
길게 연결된 기계를 따라 걸어간다

걸어가며 기계와 이야기를 나눈다
기계와 나누는 이야기가
기술자의 기술이다

기름으로 작동하는 것 같지만
기계는 언어로 작동한다는 것을
기술자가 걸어가며 보여준다

걸어가다 멈추고 어루만지며
세 단어만으로 소통을 한다
AND, NOT, OR

아무리 정교하고 복잡하고 거대해도
저 세 연산자만 있으면

어떤 기계도 돌릴 수 있다는

기술자는 삼원론자인가
변증법주의자인가
분명한 것은 기술은 기교가 아니다

기계의 언어를 알면
세상의 모든 기계가 연인처럼 보인다는
저기 기술자가 걸어간다.

* AND, NOT, OR: 기계 작동 프로그래밍에 사용하는 논리 연산자다. 이 세 가지 연산자로
  구축되는 기계의 프로그램은 헤겔의 변증법을 닮았다. 그런데 처음 기계 작동 프로그래
  밍을 한 기술자는 헤겔을 읽었을까? 아니면 몸으로 체득한 것일까?

풀의 기술

어머니가 일흔다섯을 기념하여
목뼈에 나사못을 박고 무릎을 인공관절로 바꾸고
안식에 들어갔다 기나긴
노동으로부터 해방되었다

어머니가 다스린 땅은 매년 수만 평이 넘었지만
어머니의 소유는 집터 포함 삼백 평이었다
이제 어머니의 안식과 함께
그 땅도 휴식중이다.

휴식중인 땅은 곡식 대신 풀을 기른다
어머니는 안식으로 풀을 기른다
풀을 기르며 풀에 대하여
이런 이야기 하나를 들려준다

풀처럼 살아라
내가 이기지 못한 것은 저 풀밖에 없다.

반려의 기술

개가 전철 안으로 스윽 들어온다
개 목줄을 잡은 여자가 따라온다

한 청년이 자리를 여자에게 양보하고
개는 여자 앞에 바른 자세로 앉는다

시각장애인을 안내한다는 문구가 적힌
노란 조끼를 등에 두르고 있는 개

이따금 개의 머리를 쓰다듬어주는
여자의 손길은 개의 혀처럼 부드럽다

미동도 없이 전철역 네 곳을 지나자
개는 알았다는 듯 출입문으로 이끈다

직업을 갖고 있는 개는 늠름하다.

기술의 축적이라는 관점

일찍이 맑스가 임금은 노동력의 대가라고
그래서 등가교환이 이루어지는 것이라고 말하면서
그런데 노동력이 가해지는 순간 잉여가치가 발생한다고
그걸 자본가가 독점한다고 말하면서
노동자에게도 분배해야 한다는
왠지 헷갈리는 논리에 대하여

기술의 축적이라는 관점에서 덧붙태자면
노동자가 일하는 동안
자신을 위해 일하는 동안 쌓이는 기술
자신도 모르게 쌓이는 기술
즉 노동의 보편적 기술 축적의 과정이 이루어지는데
기술 축적의 결과가 잉여가치의 핵심인데

아무리 선한 기술도 또 악한 기술도
인류가 한번 익히면 버릴 수 없는 것인데
따라서 인류 모두의 것이 되고 마는 기술인데
그걸 자본이 독점한다거나

그걸 자본과 노동이 분배해야 한다는
왠지 불합리한 논리에 대하여.

싸움의 기술

세계는 거대한 복합기계다
작아서 보이지 않는 미생물부터
커서 보이지 않는 우주까지
하나로 엮인 거대한 복합기계다

성도 민족도 인종도
돼지도 나무도 돌멩이도
일용직도 중소기업도 대기업도
작동하는 것은 모두 복합기계다

복합기계는 일부가 탈락해도
어떤 손상이 없이 잘만 돌아간다
컵라면 하나가 유산이 되어도
머리가 몸에서 분리가 되어도

복합기계는 그 탈락을 제물로 삼는다

기계가 언어로 만들어지고

기계가 언어로 작동을 하고
기계가 언어로 진화하지만
언어가 서로 다르기 때문이다

복합기계는 두 가지 언어로 이루어졌다
분배의 언어와 공유의 언어
진짜 기술은
언어와 싸우는 기술이다.

기술은 공유를 요구한다

기계가 싱— 싱— 돌아갈 때
기계는 긴장한다
은근히 바깥으로 튕겨 나가려 할 때
중심 잡고 단단히 버텨내는 힘
기계의 긴장은 나의 긴장이 된다

기계가 싱— 싱— 돌아갈 때
기계는 욕망한다
미끄덩하는 순간 아차 할 때조차
불량을 내지 않으려는 꿈
기계의 욕망은 나의 욕망이 된다

내가 기계를 닮아가는 것은
기계가
기계에 흐르는 기름이
기계에 축적된 기술이
나를 기술자로 만드는 것이다

내가 기술자가 되어
더 멋진 기계를 만들려는 것은
기술이 복제를 원하고
복제는 공유를 꿈꾸기 때문이다
잉여의 분배가 아닌 기술의 공유를.

기술자는 후계자를 두지 않는다

백 년 전
레닌이라는 기술자가
인류 최후의 기술이라는
호평을 받으며
신기술을 선보였지

하지만 레닌은
약한 고리가 어쩌고 했다지만
그 기술이
백 년 이상 버티리라고
생각지는 않았을 게야

어떤 기술도
사랑처럼
자연처럼
변해간다는 것을
레닌은 알았을 게야

실패를 해봐야만
자꾸 변해야만
어느 날 도둑같이
그 기술이 완성되어간다는 것을
레닌은 알았을 게야

바로 그게 레닌의 기술이었을 게야
아마 그랬을 게야
후계자를
두지 않았던 것도
그런 까닭에서겠지.

기술자의 가방

기술자의 가방에 무엇이 있는지
아무도 궁금해하지 않는다
당신을 꼼짝 못 하게 만든 문제가
해결만 된다면 기뻐할 뿐
당신을 애태우는 문제가
해결되지 않으면 짜증을 낼 뿐
나사 하나 바꾸고 몇만 원 받는다고
사기당했다 말할지언정
기술자의 가방에 무엇이 있는지
궁금해하지 않는다

기술자의 가방 속에는
대단한 것이 들어 있지 않다
미장공에게는 쇠손 하나
철근공에게는 갈고리 하나
배관공에게는 스패너 하나
전기공에게는 드라이버 하나
때론 먹을 시간조차 없었던

컵라면이나 들어 있을 정도
기술자의 가방 속에는 무슨
대단한 것이 들어 있지 않다

기술자의 가방을 열어보지 마라
가방 속의 반복되는 수줍은 일상을
끝내 열어보고 나서야
당신의 무관심보다 보잘것없는
기술자의 수치심을
슬퍼하거나 노여워할지도 모른다
기술자의 가방을
함부로 열어보지 마라.
기술자가 죽더라도
가방을 열어보지 마라.

기술의 길

기계는
안전수칙보다 법보다 위험하다

위험한 기계와 살아가는 기술자는
위험을 모르는 기술자가 아니다

죽음을 모르는 기계 앞에서
목숨을 걸 수밖에 없는 기술자

아, 살 떨리는 생의 무지여

기술은 안전수칙보다 법보다
빠르다.

세습의 기술

척박하든 기름지든
태어난 자리에서 생을 다하는 너는
붉은 꽃을 피워 말한다
염치없이 챙기기만 하는 것이
능사가 아니라고
붉은 열매를 달고 말한다
무턱대고 주기만 하는 것이
사랑이 아니라고
다른 이의 욕망보다
자신의 욕망으로
살아가는 너는 말한다
대롱의 욕망으로 꿀을 만들고
부리의 욕망으로 과육을 익히고
바람의 욕망으로 씨앗을 말리며
자가수분처럼 세습처럼
음탕한 것은 없다고
붉은 씨앗을 날리며 너는 말한다.

기술

　가난한 사람은 기술을 배워야 산다고 어머니께서 당부를
하셔서 공업고등학교에서 기술을 배워 동파이프 구부리는
공구를 만드는 공장에 들어갔는데 수동식 밀링을 잡고 시계
방향으로 30바퀴 반대로 30바퀴를 1분에 한 차례씩 돌리면서
부품을 깎는 12시간짜리 노동을 하다가 문득 기술을 배우면
공장에서 평생 이렇게 살아야 하는구나 하는 생각이 들어
많이 슬펐는데 그때만 해도 어머니께서 배우라시던 그 기술
이라는 것이 기계 만드는 기술이 아니라 노동을 견디는
기술을 말씀하셨다는 걸 몰랐습니다.

제2부

숲속의 기술자

숲속에는 기술자들이
어린 풀포기부터 커다란 고목까지
무서운 벌레부터 순한 짐승까지
함께 어우러져 살 줄 아는 기술자들이

누군가 향기를 뿜내면 빛깔로 웃어주고
누군가 발톱을 세우면 훌쩍 날아오르고
자신의 사랑을 위해 꿀과 열매를 내주면
달게 포식을 하며 그 사랑을 돕는

숲의 간지奸智라 해도 좋다
저리 서로 다른 것들이
서로 다르기 때문에 살아갈 수 있는
숲의 기술을, 그 필연을

자신의 행복을 숲의 행복과 일치시키고
자신의 슬픔조차 숲의 기쁨으로 만들며
문득문득 우리를 먼 미래의 기억 속으로 이끄는

숲속에는 기술자들이.

숲의 정치

어느 산에서든
아름답게 숲이 우거진 골짜기를 두고
나무들은 서로 힘겨루기라도 하듯
북사면엔 활엽수들이
남사면엔 침엽수들이
자신들만의 영토를 이루듯 군집하고 있다
나무도 서로 닮은 것들끼리 살고 싶은 것이다
닮은 것들끼리 함께 산다는 것은
닮지 않은 것들과는 함께 살지 않겠다는 것
이 단호함
함께 살고 싶지 않은 것들에게
함께 살고 싶지 않다고 말하는
침엽수가 활엽수에게 그러듯
활엽수가 침엽수에게 그러듯
차이를 미워하며 서로 경계를 짓고
군집을 이뤄 살아가는 힘
이 울창울창한 사랑과 증오의 긴장이
숲을 초록초록하게 만든다.

천적의 기술

왕거미가 그물을 짜고 있다
꽁무니에 매단 은빛 실을
오른쪽 뒷다리로 방사실에 나선실을 묶으며
바깥쪽에서부터 중심을 향해
노동보다는 욕망을 보여주겠다는 듯
몸의 팔 할은 되는 엉덩이를 씰룩거리며
고스톱 방향으로 돈다

해거름이 되어 완성된 그물의 중심에
엉덩이를 하늘 쪽으로 향한 채
일본씨름 선수의 자세로 기다린다
하루살이 몇 마리가 날아왔으나
쓰리고라도 해볼 모양인지
아무 일 없다는 듯 미동조차 없다
정적은 고요한 바람을 일으킨다

이윽고 풍뎅이 한 마리 날아와
그물에 깊은 바다가 일렁인다

거미가 잽싸게 다가가 샅바를 조이며
제대로 걸렸구나 하는 순간에
필사적으로 그물을 찢고
풍뎅이는 부리나케 날아가 버린다
과연 용호상박의 기술이다

거미는 다시 일본씨름 선수의 자세를 잡고
풍뎅이는 어디서 안도의 숨을 돌리겠지만
목숨을 건 사투 속에서
제각각 동물과 곤충의 이름으로
포획과 탈출의 기술을 쌓아간다.

벌목의 정치

나무가 베어진다
밑동에 기계톱을 들이대자
맥없이 나무가 넘어진다
넘어진 나무는
넘어진 나무를 덮친다

나무를 구하겠다는 듯이
숲을 구하겠다는 듯이
전사처럼 기계톱이 휘젓는다
지구를 살리겠다는 듯이
나무를 위해 어쩔 수 없다는 듯이

사정없이 나무가 쓰러진다
쓰러진 나무는
쓰러진 나무의 둥지를 덮치고
거미줄을 덮치고 쥐구멍을 덮치고
알량한 가계부를 덮치고

비명도 없이 나무는 잘리고
푸른 정적을 하루아침에 덮치고
벌목이 끝난 산기슭엔
사열종대 양팔간격 부동자세로
살아남은 나무를 줄 세운다.

말을 가르치다

독산동 단칸방에 세 들어 사는 앳된 새댁이 두 돌이 되어가는 아이에게 여름이 짙은 나무 그늘 아래서 말을 가르치고 있습니다 옆에 앉아 벙싯거리는 사내는 중국에서 왔습니다 왼손 손가락이 기계에 잘려서 주걱처럼 민둥해졌습니다 새댁은 사내를 가리봉동 제품집에서 만나 한국말을 가르쳐 주다 서로 좋아하게 되었답니다 혼인신고도 못 해서 합법적이라 할 수 없는 가정입니다 그래서 어디가 좀 모자라는 것 아니냐는 소리를 듣기도 하는 새댁입니다 그래도 여름 나무 그늘은 짙어만 가는데 사내와 아이의 말은 서툴기만 합니다 까르르 까르르 나뭇잎들이 흔들어대도록 중국인 사내에게는 외국어를 아이에게는 모국어를 가르치고 있습니다 말이 통해야만 살 수 있다고 여러 번 강조하고 있습니다.

거목과 크레인

곧 물이 찬다는 댐 아래 동물은 알지 못하는 시간을 산
거목을 쇠기둥이나 콘크리트 구조물을 나르던 하늘을 찌를
듯한 거대한 크레인이 아주 천천히 잎이 질세라 가지가
부러질세라 조심스럽게 껴안아 올리니 밑동이 굵은 뒤로
누군가에게 처음 안기는 거목은 눈을 질끈 감고 매달렸는데
한 걸음 또 한 걸음 언덕을 기어올라 마침내 사내가 첫
여자를 눕히듯 커다란 구덩이에 사뿐히 내려놓으며 크레인
이 유압펌프를 한번 우렁차게 돌리자 거목은 이파리를 모조
리 뒤집어 흔들고 갑론을박하던 인간들이 일제히 새떼 같은
박수를 날리는 것이었다.

바이러스와 친구 신청

혈기가 왕성하던 청년 시절 술잔을 기울이던 자리에서
대뜸 말을 트고 친구하자며 들이대는 처음 만난 사람과
본의 아니게 주먹다짐까지 했다 우호적이라 해도 서로 말이
통하지 않은 게 화근이었다

마치 그때처럼 바이러스가 온몸에 뿔이 나 있는 모습으로
불쑥 내 코앞 2미터까지 찾아와 친구 신청을 하는 듯하다
처음 보는 바이러스다 가까이 오지 말라고 마스크를 쓰고
거리를 두지만 막무가내다

처음 보는 것은 왠지 켕긴다 국경도 인종도 종교도 계급도
이념도 초월하여 육 개월 만에 하루 평균 삼천 명씩 인간의
목숨을 앗아가는 바이러스는 정체를 알 수가 없고 빠르며
힘이 세서 더더욱 켕긴다

나보다 약한 사람은 건들지 말라고 우리나라보다 가난한
나라엔 가지 말라고 점잖게 말해보지만 통하지 않는다 하긴
개돼지의 말도 모르는데 때로는 인간의 말도 개돼지의

말로 취급을 받는데 하물며 바이러스의 말이라니

　전 세계 의학자본이 찾는 백신의 관건은 성난 듯 돋친
바이러스 뿔의 제거라는 말을 들으며 1연에서 말한 주먹다
짐을 떠올린다 물론 내가 완승을 했지만 두고두고 마음속
깊은 곳에서 아픔인 그 관계 맺기를.

기계연인

르르르르르륵 르르르르르륵
스마트폰의 모터가 돌며
부드럽게 진동을 일으킬 때
곧바로 버튼을 누르지 않고
잠시 손에 쥔 채 눈을 감아본다

전화가 걸려올 때나
알람을 설정했을 때나
르르르르르륵 르르르르르륵
감미로운 기계의 진동을
조금만 더 조금만 더 느껴보는 것이다

누군가가 나를 찾고 있다고
약속 시간이 임박했다고
르르르르르륵 르르르르르륵
알려주는 스마트폰과
찌릿한 절정에 다다라보는 것이다

스팸전화가 와서 짜증이 나도
어제 알람이 다시 울려 맥이 빠져도
문자에 야한 사진이 따라와도
다 보고 느끼고 기억하며 견디는
스물네 시간을 동행하는 연인처럼 말이다.

기계와 식탁

두 해에 걸쳐 너희를 만들었다
사람 노동 이삼십 명 몫을
거뜬히 해결해내는 자동화 기계들

곧잘 사람 목숨조차 노리던
무서운 낡은 기계들 대신
공장 한복판을 차지하고
윙— 윙— 위엄을 토하는 기계들

생산 원가도 절감되어
이윤도 많이 남길
현대식 공장자동화 시스템

내 손끝에서 태어난 노동기계들아
내 생각을 복제한 노동기계들아
고장 나지 말고
오랫동안 힘차게 돌아라

너희도 세금을 낼 그날까지

너희로 인하여 공장을 떠난 사람들의
오랫동안 조용하게 맞을
올망졸망한 저녁 식탁을 위하여.

기계는 자신이 하는 일을 알지 못한다

산골 깊숙이 군인들이 경계를 서는
매 공정마다 세 뼘이 넘는 두께로
콘크리트 벽이 가려진 폭탄공장에서
낡은 기계를 바라보고 있었다

2차 세계대전 때 만들어진 기계라는데
사람으로 따지면 여든이 넘도록
기계는 게으름을 피우지 않고
우람한 남근을 닮은 폭탄을 뽑아내고 있었다

기계의 매력은 그런 것이다
피로를 모르는 근면한 기계
반성을 모르는 성실한 기계
모순을 모르는 순수한 기계

생산이 곧 파괴일지라도
불철주야로 돌아가는 기계는
죽도록 일을 하지만

자신이 하는 일을 알지 못했다

나는 낡은 기계를 철거하고
팔이 넷 달린 로봇을 설치했다
목표는 자본의 축적이고
목적은 세계의 멸망이 될 기계를.

타자의 기술

외국인은 두 종류가 있다

미워할 수 없는 외국인이 있고
미워할 수 있는 외국인이 있다

무서운 외국인이 있고
불쌍한 외국인이 있다

때리는 외국인이 있고
맞는 외국인이 있다

외국에서 돈 쓰는 외국인과
외국에서 돈 벌려는 외국인이 있다

외국에서 돈 버는 외국인과
외국에서 돈 벌지 못하는 외국인이 있다

그리고 그 사이에

역시 두 종류의 내국인이 있다

외국인을 때리는 내국인이 있고
외국인에게 맞는 내국인이 있다

외국인에게 돈을 빼앗는 내국인이 있고
외국인에게 돈을 뺏기는 내국인이 있다

외국인의 돈을 떼어먹는 내국인이 있고
외국인에게 돈을 바치는 내국인이 있다

외국인의 눈물은 거부하지만
외국인의 오줌발에 젖는 대지여

그리고 제가 태어난 땅에서
외국인으로 사는 사람이 있다

증오와 연민의 경계를 향해

난민 신청을 하는 사람이 있다.

촛불의 기술

골방의 책상 위에서
바람 없이도 흔들리고

광장의 손끝에서
바람 불어도 흔들리고

앉아 있어도 흔들리고
걸어가면서도 흔들리고

흔들린다는 것은
위태롭다는 것

광장이 위태롭고
골방이 위태롭고

광장과 골방 사이에 놓인
안 보이는 길이 위태롭고

위태로움 속에서
드러나는 살아 있음의 환희

그러나 타오르는 것은
밝히고 사라진다는 것

어둠 속에 있는
미래의 기억 속에 있는

골방의 풍경을 위하여
광장의 광경을 위하여

위태롭게 흔들리며
안 꺼지려고 흔들리며

골방의 나를 향해
광장의 너를 향해

광장에서 골방으로
골방에서 광장으로.

어린 신들의 나라를 위하여

안개가 자욱했다
아이들이 떠나던 밤은

보았을 것이다
안개 너머로 우리가
남아서 손을 흔들던 밤을 아이들이

들었을 것이다
우리가 안개 너머로
돌아서서 웃던 소리를 아이들이

맞이하던 아침처럼
기울어가고 있는 것을
뒤집혀가고 있는 것을

슬픔처럼 민망한 것이 없다
절망처럼 태연한 것도 없다
세계가 기울어가는 동안

하늘과 바다가 맞닿는 동안
어디에 가 있었나 우리는

선장은 팬티만 입고 탈출하고
경찰은 멀뚱히 바라만 보고
관료는 거짓 보고만 하고

대통령은 밀실에서 서면 보고만 받고
선주는 돈 가방만 챙겨 도망치고
우리는 허위에 찬 분노만 하고

또 무엇을 하고 있었나 아이들이
조용히 기다리고 있는 동안

밤과 아침이 섞이는 동안
바람과 물이 소용돌이치는 동안
어린 신들이 태어나는 동안

우리가 구할 수 없는 것은
어린 신들이 아닌
우리들 자신의 욕망일 뿐

우리가 건질 수 없는 것은
어린 신들이 아닌
우리들 자신의 주검일 뿐

사랑처럼 태만한 것은 없다
죽음처럼 이익인 것도 없다

안개 너머로 바라보던 눈빛
착하게 기다리던 작은 귀
갇힌 벽을 긁던 뒤집힌 손톱

파고가 높기만 했다
어린 신들의 나라가 세워지던 아침은.

무인공장

넓디넓은 공장에 사람은 없고 기계만 돌아간다
쉴 새 없이 기계는 돌며 상품을 쏟아낸다

그대가 공장에서 일을 할 때도 사람은 없었다
기계와 함께 돌아갈 때 그대는 기계였다

스무 살이었다 공장에서 삶을 찾으려고 했던 때가
마흔 살이었다 공장에서 쫓겨나던 때가

그때, 우리가 공장의 주인이다, 라고 외쳤는데
지금도 그 말은 맞다 공장의 주인은 기계다

오래전에, 우리는 사람이 아니었어, 라고 말한 소설가가
있었다

그대는 시장에 없는 자유를 공장에서 찾으려고 했다
그대는 법정에 없는 평등을 공장에서 구하려고 했다

공장 밖으로 쫓겨난 노동자들이 잇따라 목숨을 던졌다
공장 안에서 목숨을 걸고 일하던 노동자들이었다

노동자들이 죽어도 기계는 돌아가고 있었다
노동자들이 죽어도 상품은 넘쳐나고 있었다

멀리 아프리카에서 다국적 기업이 망했다는 소문이 있었다
몇 달 일하고 필요한 것들을 챙겨서 밀림으로 돌아간
원주민들 때문이라고 했다

커다란 빌딩을 에워싼 노동자들의 시위 행렬 속에
죽은 노동자는 영정 사진으로 참여하고 있었다

그대 다시 공장에 가지 못하리

공장 안에서 노동자들은 기계로 움직이지만
공장 밖에서 비로소 사람으로 저항했다

사람들은 언제 기계가 되는가
기계들은 언제 사람이 되는가

다 이루었다!

제3부

불휘에게

이 『실천문학』이라는 책이 처음 나온 것은 아버지가
고등학교 2학년이었다. 25년 전 일이다. 그때 아버지는
이 책을 통해 시인이 되기로 마음먹었지. 그리고 그렇
게 되어 이 책에 너에게 주는 시를 쓸 수 있어 기쁘다.

누군가 널 사랑한다면
그 까닭이 뭔지 몰라야 좋지

누군가 널 미워한다면
그 이유는 뭔지 꼭 알아야 해.

가난의 잉여

중년이 되면서 연이어
허리띠 구멍을 늘이고
목 단추를 끼우기 힘들 정도로
군살이 늘어 은근히 걱정이다

살아오는 내내 가난했는데
중년에 느는 군살을 보며
필요한 양보다 많이 먹은 몸을 보며
가난조차 잉여였다는 생각이 든다

살아가고도 남는 것을 위해
싸우지 말자던 생각이나
미래를 위해 쌓아두지 말자던
거침없던 주장을 되새김질한다

가난조차 내 것이 아니라고
부정할 수밖에 없는
중년의 잉여가

똑바로 걷고자 해도 뒤뚱거리게 한다.

빚진 사람

나는 빚이 많은 사람
부모로부터 동기간들로부터
스승으로부터 친구들로부터
나는 빚을 많이 진 사람
살아가면 살아갈수록
빚은 늘기만 할 뿐
갚을 길 없는 사람

하지만 나는 부자나
은행으로부터 빚을 얻지는 못했네
내게 빚을 내준 사람은
모두가 가난한 사람
받지 못할 줄 알면서도
빚을 내주고
힘들어했을 사람아

빚을 지고 비로소 사랑을 묻네
빚 내주고 가난해지는

사랑에 대해서 묻네
받을수록 슬픔이 되는
사랑에 대해서 묻네
이자가 은혜처럼 쌓인
빚에 대해서 묻네.

기부의 기술

초등학교 하굣길에서 굵은 목소리로 제 이름을 부르기에
고개를 들어 보았더니 국방색 륙색을 맨 외팔이아저씨와
목발을 짚은 외다리아저씨가 나란히 서서 웃고 있었어요

외갓집 행랑채에는 장돌뱅이 야바위꾼 떠돌이점쟁이 땅
꾼 거지들을 하숙쳤는데 늘 둘이 함께 동냥을 다니는 바람에
병신들 쌍오줌 싸고 있네 소리를 듣던 아저씨들이었어요

동무들 앞에서 어쩔 줄 몰라 하는 제 머리를 쓰다듬으며
공부는 잘하느냐 외갓집에 언제 놀러 오느냐 하며 급기야
제 손바닥에 동전 두 개를 쥐어주시는 거였어요

한동안 거지한테 돈 받은 상거지라고 동무들이 놀려대는
소리를 들어야 했지만 동냥 얻은 것을 나눠주는 거라면
지금도 울음을 터트리며 달게 받겠다는 그런 말씀입니다.

지독한 욕망

시인은
시를 사랑하지만
남의 것을 훔치지 않네

시인은
시를 아끼지만
모조리 세상을 향해 바치네.

욕망의 무게

머리가 희끗희끗해지면서 무언가를 버리기 시작했다
친구들이나 동기간도 일부러 덜 만났다
시위가 있는 광장에 나가도 먼발치에서 서성이거나
글쟁이들과도 될수록 어울리지 않았다
혹하지 않아야 한다는 나이가 되면서부터
어떻게 보면 21세기가 시작되면서부터
정확히는 아버지가 죽은 나이가 되면서부터
집착했던 것들을 하나둘 놓기 시작했다
집과 일터까지의 사이에 놓인 길 위에서도
만나는 사람에게마저 데면데면 굴었다
누구의 권유도 충고도 훈계도 사양하며
힘들었다 무언가를 쌓아가는 것보다 버린다는 일이
힘들었다 꼭 붙들고 있어야 할 것을 놓아야 한다는 생각이
버리고도 미련을 갖는 마음이 힘들었다
힘들어 하면서도 눈만 뜨면
어디 버릴 게 없을까 둘러보았다
그렇게 그렇게 쉰 줄이 절반이 넘은 어느 날
죽을 때까지 먹어야 한다는 약을 처방받던 날

비로소 욕망의 무게를 가늠해볼 수 있었다.

회

　점심을 먹으러 혼자 식당에 가는 날이면 왠지 입맛이
돌지 않아 제법 맛나 보이는 음식을 시켜놓고도 물끄러미
바라만 보기 일쑤인데 문득 숟가락에 무수히 긁힌 잇자국을
보자 강렬하게 회가 동한다.

보신탕

　가을에 사다 놓은 강아지가 혓바닥을 길게 빼무는 복날이
가차와지면 엄니는 진기가 빠져서 근력을 쓰지 못한다면서
도 개는 장에 내다 팔고 뭣이 서운해져서 돼지뼉다구를
많이도 사다가는 멀국이 뿌옇게 우러나올 때까지 고은 다음
에 북감자를 통째로 넣고 감자탕을 끓이셨는데 땀을 삘삘
흘리면서 참 맛있게도 먹었던 것이다.

음식사계

봄

보리누름 무렵이면 기름이 둥둥 뜨는 씹으면 찰지게도 끈적끈적하던 서대국이 개장국보다 좋다는 말씀을 돌아가신 외할머니는 참 자주도 하셨다

여름

돼지비계를 얻어다 기름을 내어 호박에 고추에 해방조개를 넣고 느끼하지 말라고 쑥갓꽃잎을 얹은 부깨미를 부치는 날은 팥죽 같은 칠월 여름도 선선하게는 날 수 있었다

가을

일 년 내내 밤콩물이 우러난 시퍼런 쌀밥에 갓 익은 굴젓을 얹어 먹는 바심하는 날 마당밥만 같으면 좋겠다는 말을 했다가 지청구를 먹은 적이 있었다

겨울

입에 넣으면 은은히 갯비린내를 풍기며 살살 녹는 말린 박대껍질을 고아 박대묵을 쑤는 날은 새벽까지 방바닥이

절절 끓고 긴긴 밤 생각나는 사람이 많았다.

영업의 기술

오십 대가 되면 얼굴에 얼룩이 생긴다며
약사가 비타민을 권유한다
아침저녁으로 하루 삼백 원이면 충분하니
저렴하게 건강을 챙길 수 있단다

권유가 하도 간곡하여
비타민을 사다 아침저녁으로 먹으며
얼굴의 얼룩은 비타민으로 챙겨본다지만
마음의 얼룩은 무엇으로 지키나 생각한다

아무리 좋은 처방도 비싸다면 곤란하니
비타민처럼 저렴한 마음의 영양제를 따져본다

그러다 문득 비방인 듯 떠올렸나니
시 육십여 편이 실린 만 원짜리 시집 한 권
아침저녁으로 한 편씩 읽다보면 한 달 분
값싸고도 믿을 만한 마음의 영양제가 될까.

잊히지 않는 시

　얼음의 것도 아니고 물의 것도 아닌 온도가 있다 0도 어느 시인은 자신의 정신의 온도가 0도이기를 바란다 굳지도 출렁이지도 않겠다는 기대다 하지만 그 누구도 자신의 체온이 0도이기를 꿈꾸지는 않는다 그런데 누구나 0도의 체온을 경험한다는 것을 신체의 온도가 0도일 때 누구도 시를 쓰지 못한다는 것을 말할 필요가 없다 그러나 때로 어떤 이들은 0도의 체온을 경험하기 직전에 1,000도가 넘는 체온으로 짧은 한 편의 시를 남기기도 한다 그런 시는 쉽게 잊히지 않는다고 말할 필요가 있다.

내일모레

내일모레면 당신이 오겠다고 말할 때
내일모레는 얼마나 기인 시간인가

내일모레면 당신이 가겠다고 말할 때
내일모레는 얼마나 짧은 시간인가

기대를 품고 꼽아보는 내일모레
체념을 안고 가늠하는 내일모레

내일모레면 예순이구나 하고 말하면서
아직 이 년이나 남았다는 것을 알고

내일모레면 설이구나 하고 말하면서
아직 한 달이나 남았다는 것도 안다

그러나 한 달이 가고 삼 년이 지나도
네가 온대도 또 간대도

기다리는 것이 그것만은 아니라는 듯
도무지 와 닿지 않는 그리움의 거리

그래서 자꾸만 헤어보게 되는
내일모레면 내일모레면 ······.

난곡동 사투리 이야기

정선 아리랑학교 울타리 측백나무 생초 고속도로 나들목 탱자나무 무안 농협 주차장 호랑가시나무 양수리 남한강변 홍단풍나무 서천 동백정 동백나무…… 씨앗을 받아다 혼자 일하는 사무실 화분에 뿌려두고 날마다 물을 주었습니다

한 달 만에 혹은 일 년 만에 싹들이 돋아 제법 나무 꼴이 잡혀갔습니다 햇빛 드는 창가에 올려두고 잡초도 뽑고 쓰다듬기도 하며 어떤 나무는 벌써 처음 제 모습대로 씨앗을 매달기도 하는 것을 보며 몇 년을 싫지 않게 보냈습니다

나무들이 커가면서 어느 날부터 불만이라도 있다는 듯 투덜거리기 시작했습니다 강원도 경상도 전라도 경기도 충청도 제각각 사투리로 마음 놓고 떠들어댈 때는 성가시기도 했습니다 화분이 작다 물이 많다 햇빛이 적다고 입을 삐죽거리는 것 같기도 하고 고향 생각에 훌쩍거리는가 싶기도 하고 선거철이면 지방색을 띠는 것 같기도 했습니다

더는 감당하기가 어려워 마음을 단단히 먹고 제가 태어난 곳으로 보내기는 뭣하여 사무실에서 눈을 들면 바라보이는 난곡동 산비알에 옮겨 심었습니다 여기가 고향이려니 여기

고 살라며 다들 그렇게 산다고 뿌리를 단단히 내리라며
다독여주었습니다.

마지막 서정

마지막에 바라볼 풍경이 궁금하다
사랑하는 사람의 우는 입술
두 눈을 쓸어주는 자식의 손끝
수술실 천정의 눈부신 불빛……

눈 감기 직전에 마주할 사물이 궁금하다
순식간에 덮쳐오는 파도더미
요란하게 무너져 내리는 콘크리트덩이
질주하는 전조등……

나비를 좋아하는 작은 새가
나비 날개에 그려진 무서운 눈을 닮은
커다란 짐승의 눈과 마주할 때
시선에 맺힐 심상이 궁금하다

마음 주지 않고 무심히 지나치던 사물이
예상하지 못했던 풍경이
개연을 살필 여유도 주지 않고

내 최후에 펼쳐낼 서정이 궁금하다

천재를 얻었다 해도 끝내 그려내지 못할
죽음의 서정이 궁금하다.

어머니께

제가 고등학교 2학년 때 『실천문학』이라는 문예지를
읽으면서 이 책을 통해 시인이 되겠다고 마음먹었어요.
벌써 40년이 흘렀네요. 그리고 마음먹은 대로 되어
이 책에 어머니께 드리는 시를 쓸 수 있어서 기뻐요.

저희 어머니 이름은 박순례입니다
올해 여든여덟 미수에 이르렀습니다
충남 서천에서 혼자 살고 있습니다

이 시를 읽는 분들께 부탁드립니다
다음 문장을 크게 한 번 읽어주세요

박순례 여사님 오래오래 사세요!

제4부

동경

　고향에서 버스운전을 하는 친구가 고등학생 때 삼청교육
대에 끌려가면서 퇴학을 당하고 일 년쯤 후에 긴 장발을
하고 나타났다 우리는 장항 부둣가에서 세이코카세트를
틀어놓고 새로 유행하는 디스코를 열심히 배우고 있는 중이
었다 녀석이 어깨를 세우고 다가오더니 요즘 서울에서는
팔을 허리 아래로 흔드는 게 아니고 머리 위로 흔든다면서
서울식 디스코를 멋지게 선보였다 우리는 토요일 밤의 열기
라는 노래 한 곡이 다 끝날 때까지 모두 입을 다물지 못하고
녀석이 찌르는 서울식 손끝을 우러러보았다.

첫 번째 신체장애에 관한 기억

아이들이 구멍 속에서 비닐 같은 과자를 줄줄 뽑아먹는 탁구공만 한 플라스틱 뚜껑을 찍어내던 사출기 금형에 손을 넣고 그만 기계를 작동시켰다 다행히 손이 잘리지는 않았지만 손가락들이 제멋대로 다 휘어져버렸다 치료를 마친 뒤에도 오른쪽 가운뎃손가락이 움직이지 않았다 그때부터 용변의 뒤처리 등을 포함한 오른손의 일을 왼손으로 바꾸게 되었는데 이따금 떠오르는 그때 기억들 속에는 기숙사에서 한 손에 붕대를 감고 발로 빨랫감을 밟은 채 치대는 것을 본 사무실 경리 누나가 빨랫감을 낚아채다 금방 빨아 널어주면서 보여준 치열이 고른 하얀 미소가 있다 남편은 함께 일하던 생산부 주임으로 금형에 손가락 세 개를 잘린 덕분에 보상을 받아 전셋집을 마련하고 살림을 차렸다는 작은누나 또래의 여인이었다.

펑키타운

 부평 4공단 입구 효성사거리에 있는 지하 수정다방은
1980년대 초만 해도 토요일이면 발 디딜 틈이 없었는데
공단 대부분의 기숙사가 일주일에 단 한 번 외박을 허용하기
때문이었다 그날만은 맘껏 성장을 하고 나온 선남선녀들이
고향의 부모님도 어린 동생들도 생산관리자도 월말 곗돈도
모두 잊고 커피공장 미스 최도 그물공장 생머리도 주스공장
더벅머리도 철탑공장 날라리도 커피 한 잔 값으로 다방의
탁자와 의자를 모두 한쪽 벽면에 밀어붙이고 단발머리 디제
이의 빠른 선곡에 맞춰 펑키타운~ 펑키타운~ 외치며 스텝
을 밟았던 것이다.

---

* <Funky Town>: 1980년 Lipps inc가 부른 '나를 펑키타운으로 데려가 달라'는 내용의
    디스코풍 노래이다.

첫 번째 해고에 대한 기억

결핵을 앓던 스무 살 첫 공장에 취직을 했는데 바닥에는 기름이 흥건하고 알밤만 한 싸이나 덩어리가 굴러다니고 쇠에 물을 들이는 화공약품 냄새가 질펀하고 고참들이 집어 던지는 망치며 스패너가 날아다니는 공구를 만드는 공장이었다

공장 담벼락에 붙여 만든 기숙사에서는 군대 막사처럼 긴 침상이 간이 2층으로 되어 있어서 위 침상에서 쓰레기를 쓸어내리면 아래 침상으로 쏟아지기도 했는데 이따금 스무 살도 안 된 어린 공원들을 불러올려 후장을 따기도 하였다

거기서 일당은 짬뽕 곱빼기 세 그릇 값이었다 그렇게라도 살아야 하였기에 다 좋다고 쳤다 그러나 한 가지 기본 노동시간이 8시간이 아닌 9시간은 참지 못하고 대들었다가 그거라도 내가 따먹어야지 하는 사장에게 해고를 당했다

그러고 수십 년 지나 공구가게에 들러 낯익은 공구의 상표를 물끄러미 바라보고 있는데 국산 중에서는 제일로

친다는 공구가게 주인의 말끝에 새까맣게 잊고 있던 양 콧날개에 쇳가루가 묻어 반나절이면 멋진 콧수염이 그려지던 입사 동기 빠우실 광빠우 친구가 아련히 떠올랐다.

수세미 누나

흰 낮달같이 웃곤 하던 누나가 재봉틀을 열여섯 시간씩
돌리던 구로 2공단 옷 공장들은 이제 패션몰로 바뀌어 연중
바겐세일로 돌아가는데 풋매실같이 깔깔거리며 옷을 고르
던 누나의 딸들이 너무 싸다며 여름옷 한 장 더 고르자고
하자 딸들만 할 때 거기서 티셔츠보다 싸게 팔렸던 누나의
얼굴 위로 깊숙이 숨어 있던 딸들의 얼굴이 얼기설기 수세미
그물같이 배어 나오는 것이었다.

협상의 기술

1980년대 말 노동자대투쟁에 힘입어 C출판사에도 첫 노사협상이 열렸는데 노측 대표로 문학평론가 K가 나서서 노측 요구를 문서로 협상테이블에 올려놓고는 사측 대표로 나선 시인 L이 반나절 넘게 이런저런 얘기를 건네 봐도 K는 일언반구없이 침묵으로 일관했다고 한다

그러던 중 돌연 L이 팽팽한 긴장을 못 견디겠다는 듯 협상테이블을 벼락같이 손바닥으로 내리치며 노조 요구대로 합시다 하며 자리를 박차고 일어섰다고 한다 L과 K는 오래전부터 함께 어깨를 나란히 하고 민주화운동 시위를 하던 문단 선후배 사이였다

그날 오후 내내 L은 "사람이 무슨 얘기를 하면 가타부타 대답이 있어야지. 이번뿐만이 아냐. 누가 충청도 사람 아니라고 할까봐 …… 아 어떤 때는 사소한 거 하나 물어봐도 다음 날이나 돼서야 대답할 때도 있다니까, 나 참." 하며 연신 담배를 피워 물며 구시렁거렸다고 한다.

우리가 언제 그랬을까

1980년대 말 어느 해 초여름 공단 운동장에서 노동자대회를 하는데 머리띠를 질끈 묶고 딸들아 일어나라를 힘차게 부르고 내려오던 아가씨, 파업 중이었던 그녀는 얼굴이 새까맣게 그을고 입술이 뱀 허물처럼 갈라져 있어서 안쓰럽기도 하고 이런저런 모임에서 몇 번 보았던 터라 알은 채도 할 겸 얼굴에 뭐라도 좀 바르시지 그랬냐고 한 마디 건넸다 말이 채 끝나기도 전에 자기를 상품 취급한다며 부르주아 같은 놈이라고 욕을 바가지로 퍼부어서 그 뒤로 몇 번 그녀만 만나면 굴뚝처럼 멍하게 서 있곤 했는데 언제부턴가 다시 볼 수 없었다

20년도 넘게 잊고 있던 기억인데 영등포시장 부근에서 조그만 호프집 주인이 된 그녀를 우연히 다시 만나 되살아났던 것이다 슬그머니 그때 그랬다는 얘기를 했더니 자기가 언제 그랬냐며 배꼽을 잡는데 어느덧 볼살도 넉넉한 중년이 되어 주름을 감춘 화장에 짙푸른 문신을 한 눈썹이며 곱게 그린 입술에 가득 번지는 웃음이 그렇게 환할 수가 없었다.

국가기능사 불량 사건

2급 국가기능사자격증을 따고 졸업 전에 갓 취업을 나온 선반공 김군은 가격이 자신의 일당보다 세 배가 넘는다는 사각나사를 깎다가 그만 불량을 내고 말았다 갑자기 기계가 덜덜덜덜 떠는 바람에 굵고 기다란 사각나사가 휘면서 튕겨 나갔던 것이다 다행히 다치지는 않았지만 꾸중을 듣고 시무룩해진 채 잔업을 마치고 기숙사에 들어와서야 지진이 일어났었고 친구들의 대입수능고사가 일주일 연기되었다는 뉴스를 듣다 스르르 잠이 들었다.

고향 친구

내게 유압 기술을 가르쳐준
헤라시보리 기술자 친구다
기네스북에 기록될 크나큰 밥솥을
만들고 싶다던 친구다
서울이 싫어서 고향으로 갔다가
몇 년 만에 되돌아온 친구다
기름밥이 질려서 시골밥을 찾았는데
못 견디고 올라온 친구다
키가 줄기 시작한다는 나이에
은퇴를 시작한다는 나이에
돌아와 다시 시보리를 하는 친구다
기계 유압펌프가 말썽이라며
어깨까지 기름 범벅이 되어
금방 끝나니 소주 한잔 하자는 친구다
하긴 세숫대야 하나 정도는
담배 한 대 참이면 말아놓는 친구니
문래동에서 둘째가라면 침을 튀기던 친구니
잠깐 서서 지켜보기로 한다

돈 없으니 고향에서도 괄시를 하더라고
수입이 적으니 집사람이 못 견디더라고
어디도 돌아갈 곳은 없더라고
밥그릇이 있는 데가 고향이라고 쓴웃음 짓더니
기계 수리를 마치고 시운전을 하며
평평한 철판을 몇 번 밀어붙여
둥근 냉면그릇 모양으로 말아놓는다

오랜만에 기계와 기름과 기술이
삼위일체로 밥그릇이 되는 현장에 서서
내 고향은 어디쯤인지 가늠해본다.

누나와 구로공단

국졸인 누나는 중졸 졸업장이 있어야 봉제공장에서 전자
회사로 옮길 수 있다며 나이가 엇비슷한 이모의 졸업증명서
를 떼어갔다 수업료 내야 할 때가 되면 편지 봉투에 누나
이름 대신 이모 이름을 적곤 했다

구로 1공단 입구 그 전자회사 옛터에 들어선 찜질방에서
환갑이 된 누나는 삶은 달걀을 까며 지난 대선에서 왜 자신이
박정희의 딸을 찍을 수밖에 없었는지를 얘기하면서 볼그스
레하게 소녀의 얼굴이 되었다.

가리봉역사

내가 사는 시흥동 시흥역에서 시작하는 벚꽃길 십 리를
아내와 두 딸과 함께 걷습니다 이 꽃길은 작은아이가 태어날
때 쯤 생긴 환한 길입니다 꽃길을 걸어 꽃길이 끝나는 지점에
작은아이가 태어난 옥탑방이 있습니다 가리봉역 앞입니다
어느 여성작가의 외딴방도 그쯤에 있었지요 그런데 가리봉
역이 보이지 않았습니다 꽃길을 따라 걸어오는 동안 가리봉
역이 사라지고 가산디지털단지역이 생겼습니다 옥탑방도
외딴방도 거기 그렇게 다 있는데 가리봉역사는 사라져버렸
습니다.

구로공단 50년 기념전展

서울역사박물관 구로공단 50년 기념전에 갔다 스무 살에 장항선 완행열차를 타고 올라와서 지금껏 살고 있는 우리 동네가 전시가 되어 있었다 희망과 절망이 어우러진 장소 구로공단 우편 전신환을 고향으로 부치며 천국의 문 앞에 서기도 하고 피세일을 하며 지옥의 문 앞에 눕기도 했었다 그 사이 처자식을 얻고 병도 얻었는데 아직 떠나지 못한 채 살고 있는 내 삶이 역사가 되어 있었다

공단본부 앞 수출의 여신상이 있고 2공단 네거리 구로동 맹파업도 있고 기계는 삼십퍼센트 노동력은 칠십퍼센트 슬로건이 있고 일본 라디오공장이 있고 진도패션 굴뚝도 있고 깊은 밤 돌고 도는 미싱이 있고 부엌을 함께 쓰던 벌집이 있고 노동조합 소식지가 있고 동지들과 만든 노동자 문집도 있고…… 올해 스무 살이 된 작은딸이 출근을 하는 구로디지털단지가 기념되고 있었다

무엇을 기념할 것인가 농업기술뿐이던 대한민국에 공업 기술이 싹튼 곳 오늘날 세계 10대 선진국으로 도약한 대한민

국이 피땀을 마시면서 갈증을 일으키고 노동과 자본의 끈질긴 긴장을 보여준 시대였다는 것이지 왕년에는 이랬다는 것이지 기념이란 삶을 과거형으로 만드는 것이다 과거로부터 떠나야 한다 은퇴의 시간이 다가오고 있다.

유산

그는 오랫동안 나사를 박았다
세상의 그 무엇과도
단단한 결속을 꿈꾸는 나사를

잘 보이지 않는 구멍을 향해
고개를 처박고 땀방울을 떨어뜨리며
힘껏 박고 돌리고 조여도
어느새 슬그머니 풀려버리던 나사

나사를 박다 풀려버린 그의 몸에도
나사 몇 개를 박아 넣었다
목뼈 한 토막을 잘라내고
세 마디를 한 토막으로 고정시켰다

그 나사들이 풀릴 때
그의 몸이 한 줌 재로 바뀔 때
누군가 옆에 있게 된다면
이런 한 문장으로 말할 수도 있으리라

그는 나사 몇 개를 남기고 갔다.

시의 기술과 새로운 원리

이성민(철학자)

1

조기조는 "기계 만드는 일하다 / 책 만드는 일한다." 기계와 책은 노루와 파래만큼 달라 보여서 그 비결이 무어냐고 묻기라도 하면 그는 바로 이 기술이 있으면 된다고 말할 것이다— 은유의 기술. 이 기술이 있어서 그는 "책 만드는 일은 기계 만드는 일과 다르지 않다"라고 말한다. "책은 기계의 은유니까"(「은유의 기술」). 조기조에게 은유의 기술은 삶의 기술이다.

갖가지 책들 가운데서도 틈틈이 시집을 만드는 그는, 그리고 이번에는 세 번째 자기 시집을 만드는 그는, 이

기술을 사용해서 영업도 한 번 생각해 본다. 시집은 "비타민
처럼 저렴한 마음의 영양제"라고 은유하면서. 그렇지만
은유의 기술로는 약장수의 태연함까지 얻을 수는 없었다.
"될까"라고 꼬리를 내리는 걸 보면.

> 시 육십여 편이 실린 만 원짜리 시집 한 권
> 아침저녁으로 한 편씩 읽다보면 한 달 분
> 값싸고도 믿을 만한 마음의 영양제가 될까
>
> — 「영업의 기술」, 부분

　은유의 기술이 있어 기계를 만들다가 책을 만들 수 있었지
만, 은유의 기술이 있어 만든 시집을 많이 팔아볼까 하다
결국 잘 팔지를 못하는 조기조의 본질은 또한 약장수라기보
다는 시인이다.

　책을 만들기 전에, 기계를 만들기 전에, 지금으로부터
40년 전 고등학생일 때, 그는 시인이 되기로 마음을 먹었다
(「어머니께」). 그러고 나서 그는 기계를 만들 때도 시를
썼을 것이고 책을 만들 때도 시를 썼을 것이다. 강산이
네 번 바뀌는 시간을 그는 시의 기술, 은유의 기술을 갈고닦
았을 것이다.

　그러므로, 조기조에게 은유의 기술은 삶의 기술인데,

어떻게 삶의 기술이냐면, 시의 기술이면서 삶의 기술이다. 그에게서 이 두 기술은 일치한다. 식물이 간직하고 있는 꽃의 기술이 삶을 표현하는 기술이면서 삶 그 자체의 기술, 재생의 기술인 것처럼 말이다.

가령 평생을 정원사로 노동하면서 "한 손에 도끼를 든 채 시를 썼[던]"[1] 북유럽의 시인 하우게도 그 두 기술은 일치했다. 이러한 일치를 바탕으로 그는 "그들이 국회에 앉아 있다 / 플라톤도 읽지 않은 그들이."(「그들이 법을 만든다」)라고 조금은 밋밋하게 말하는데, 은유의 기술이 깊은 수준에서 시의 기술이면서 삶의 기술이 되어 있는 조기조는 이와 같은 일치를 바탕으로 "자가수분처럼 세습처럼 / 음탕한 것은 없다고 / 붉은 씨앗을 날리며 너는 말한다."(「세습의 기술」)라고 말한다. 꽃과 식물의 기술을 알고 있는 그는 이렇게 말한다.

2

은유의 기술이 시의 기술만이 아니라 삶의 기술이라고

• • •

1. 올라브 하우게, 『어린 나무의 눈을 털어주다』, 임선기 번역, 봄날의책, 2017, 101쪽.

해도, 시의 기술과 삶의 기술이 언제나 일치한 것은 아니다. 오히려 지금까지도 우리 정신의 습성으로 머물고 있는 역사는 불일치가 원리라는 것을 알려준다. 그렇기에 우리는 시의 기술을 가진 사람을 생각하면 곧 삶의 기술을 갖지 않은 사람이 떠오른다.

그리고 바로 그런 사람으로 나는 발터 벤야민이 떠오른다. 벤야민의 친구 아렌트는 이렇게 말한다. "벤야민에게서 그토록 이해하기 어려운 것은 그가 시인도 아니면서 시적으로 생각했으며, 따라서 은유를 언어의 가장 위대한 선물로 여길 수밖에 없었다는 것이다."[2] 벤야민은 은유의 기술을 가지고 있었다. 그렇지만 그것은 다만 (그가 시인이 아니었음에도 불구하고) 시의 기술, 시적인 사고의 기술이었고, 삶의 기술은 아니었다. 벤야민은 은유의 기술이 있었지만 삶의 기술이 없었고 그래서 삶에서 취약했다. 그는 자신을 꼭 닮은 프루스트에게서 이 점을 알아보았다. 그러고는 그것을 취약함과 천재의 일치라고 불렀다.[3]

벤야민은 시의 기술과 삶의 기술의 불일치가 또한 취약함과 천재의 일치라는 것을 알려준다. 이제 오래된 이 원리는

• • •

2. 한나 아렌트, 『발터 벤야민: 1892–1940』, 이성민 옮김, 필로소픽, 2020, 56쪽.
3. 발터 벤야민, 「프루스트의 이미지」, 『서사·기억·비평의 자리』, 최성만 옮김, 도서출판 길, 2012, 255쪽.

그에게서 저주가 되었다. 그렇지만 벤야민은 자신의 삶을 "잔해더미의 연속"으로 만든 이 저주를 축복한다.[4] 다른 가능성의 문을 꽉 닫고 단단히 잠그는, 불일치이기도 한 이 일치를. 마치 "천재"라는 말로 낭만화되고 미화된 시의 기술을 얻기 위해서는 삶의 기술 같은 것에는 관심을 두면 안 되는 것인 양.

벤야민은 은유적으로 생각할 줄 알았지만, 은유를 삶의 문제라기보다는 언어의 문제로 보았으며, "언어의 가장 위대한 선물"로 여겼다. 그에게서 원리는 바뀔 수 없는 것이었다. 그렇지만 옛 원리가 틀렸다는 사실을 읽을 줄 알고 생각할 줄 아는 사람들의 세계에 처음으로 알린 유명한 책이 있다. 인지언어학을 바탕으로 하여 은유 이론의 혁명을 가져온 그 책에서 레이코프와 존슨은 첫 장을 마치면서 이렇게 말한다. "지금까지 우리의 주장 가운데 가장 중요한 것은 은유가 단지 언어의 문제(……)가 아니라는 것이다."[5] 이 책의 원제는 "삶을 이끄는 은유"이며, 이는 은유의 기술이 삶의 기술이라는 것을 명확히 한다.

이미 보았듯이 조기조는 시집의 바로 그 첫 시에서 이

- - -

4. 같은 책, 38, 39쪽.
5. 조지 레이코프, 마크 존슨, 『삶으로서의 은유』, 노양진, 나익주 옮김, 박이정, 2006, 25쪽.

새로운 원리를 분명히 한다. 마치 서론과도 같은 이 시를 통해서 나머지 시들을 읽어야 하는 것인 양. 이제 그 시를 다 읽어보자.

기계 만드는 일하다
책 만드는 일한다

기계 만드는 일하다
어떻게 책 만드는 일하느냐고?

기계도 어려웠고
책도 난해했지만

책 만드는 일은
기계 만드는 일과 다르지 않다

책은 기계의 은유니까

은유의 리듬만 살려내면
어디든 공장이다.

　　　　　　　　　　　　－「은유의 기술」, 전문

3

시인 조기조와의 만남들을 기억하고 있는 나의 머릿속 저장고에서 가장 오래된 것들이 보관되어 있는 칸에는 "노동자문학"이라는 말이 아직도 또렷한 모습으로 머물고 있다. 그걸 "노동문학"이라고도 불러도 아무래도 초록은 동색 같을 때, 그는 차이를 아는 사람으로서 "노동자문학"을 고집했다. 그랬던 그가 길고도 울퉁불퉁한 삶의 시간이 흐른 뒤 "기술자가 등장하는 시간"이라는 제목을 앞세워 새로 쓴 시들을 모았다. 세월이 선사한 빛깔을 담은 가을의 나뭇잎들을. 시집의 시들을 읽으면서 나는 그가 왜 "노동자문학"이라는 명칭을 고수했는지를 다시 생각해본다.

노동은 주제일 수 있다. 그리고 이 주제에 대해서는 노동자만 글을 쓸 수 있는 것이 아니다. 글을 많이 써본 지식인도 쓸 수 있다. 그리고 글쓰기 경험이 별로 없는 노동자는 글이란 죄다 직업적으로 글을 쓰는 사람들이 생산해놓은 것이기에 그들의 글을 읽고 그들의 관점을 따라 글을 쓸 수 있을 것이다. 노동은 또한 관점일 수 있다. 노동이 관점일 때 기술은 노동으로 보이는데, 다만 노동에도 차이가 있다면 — 즉 기술이라는 것도 있기는 있는 것이라면 — 숙련 노동과 단순 노동의 차이가 있을 것이다. 기술자는 이제 숙련 노동자라고 불린다. 노동이 지배적인 현실일 뿐 아니라 또한 그 현실에 힘입어 지배적인 관점이 될 때, 기술자라면 잘 아는 기술과 노동의 차이는 보이지 않는다.

이제 기술자에게 기술은 주제가 되어주기도 하고 관점이 되어주기도 한다. 기술을 가지고 기계와 함께 살아가는 기술자는 기계와 기술 이야기를 하거나 듣는 것이 재미있을 것이다. 삶의 이야기이니까. 기술자는 또한 그것을 방법으로 삼아 세상을 잘 볼 수 있다는 것도 알 것이다. 세상을 보는 여러 가지 안경 중에서도 그 안경이 성능이 나쁜 안경이 아니라는 것을. 그리고 이때 은유의 기술은 기술자 시인에게 기술의 은유를 내어준다. 세상을 바라보는 안경을.

이제 그는 곳곳에서 기술을 발견한다. 그는 "풀의 기술"을 발견하고, 시각장애인 안내견의 "반려의 기술"을 발견하고, "싸움의 기술", "세습의 기술"을 발견하고, "달콤한 기술"을 발견하고, "숲의 기술", "천적의 기술"을 발견하고, "타자의 기술", "촛불의 기술"을 발견하고, "영업의 기술", "협상의 기술"을 발견한다. 그가 곳곳에서 이렇듯 기술을 발견하는 것은 그가 바로 기술자의 눈으로 세상을 바라보기 때문이다. 기술자에게 기술은 세상을 바라보는 은유적 개념이다.

주제이기도 하고 관점이기도 한 그 기술은 남의 것이

아니라 자기 것이다. 그렇기에 낮은 수준에서는 남들의 눈으로 남들이 하는 이야기를 할 필요가 없어서 좋을 것이고, 높은 수준에서는 남들이 하는 이야기도 나의 눈으로 다시 할 수 있어 좋을 것이다. 더 나아가 기술자들은 한두 명이 아니라서 나의 관점이 나만의 관점인 것도 아니다. 만들고 개발해본 사람들의 관점은.

4

시집에는 「기술의 축적이라는 관점」이라는 시가 있다. 제1부 중간쯤 놓인 이 시는 빛을 발하지 않으면서 고독하게 한쪽 구석을 지키고 있다. 이 시집이 새로 낸 오래된 길을 여행할 사람이라면 더 오래된 글 한 편을 일찌감치 준비해두는 것이 좋을 것이다. 1847년 칼 맑스가 쓴 「임금노동과 자본」을. 이 시는 홀로는 빛이 나지 않게 설계되어 있으며, 바로 이 글이 옆에 놓여 있을 때 빛을 내며, 여행자의 길을 밝힌다.

맑스는 이 글에서 임금을 노동에 대한 대가로 보는 평범한 노동자들의 생각을 겉모습만을 볼 뿐인 잘못된 생각으로 여긴다.[6] 그러고는 "노동"과 "노동력"이 아무리 초록처럼

동색 같아도 그 차이를 아는 사람으로서 말한다. 노동자가
팔고 자본가가 사는 것은 노동이 아니라 노동력이라는
상품이라고. 그리고 이 독특한 상품이 바로 잉여가치를
낳는 것이라고.

> 일찍이 맑스가 임금은 노동력의 대가라고
> 그래서 등가교환이 이루어지는 것이라고 말하면서
> 그런데 노동력이 가해지는 순간 잉여가치가 발생한다고
> 그걸 자본가가 독점한다고 말하면서
> 노동자에게도 분배해야 한다는
> 왠지 헷갈리는 논리에 대하여

이제 약 180년의 시간이 지났다. 이제 기술자 시인 조기조
는 맑스의 생각을 "왠지 헷갈리는 논리"라고 부르며, 또
"왠지 불합리한 논리"라고 부른다. 노동과 노동력의 차이가
아니라 노동력과 노동자의 차이, 노동과 기술의 차이를
아는 그는 이제 자본의 축적이라는 관점이 아니라 "기술의
축적이라는 관점에서" 이렇게 말한다.

• • •

6. 칼 맑스 「임금노동과 자본」, 『칼 맑스·프리드리히 엥겔스 저작 선집 1』, 박종철출판사,
1991, 547쪽.

노동자가 일하는 동안

자신을 위해 일하는 동안 쌓이는 기술

자신도 모르게 쌓이는 기술

즉 노동의 보편적 기술 축적의 과정이 이루어지는데

기술 축적의 결과가 잉여가치의 핵심인데

이제 기술자가 등장하는 시간이 되어, 시의 기술과 삶의 기술이 일치하는 그는 이렇게 말하고 있는 것이다. 이렇게 말하면서 어쩌면 그는 새로운 시간이 되었다고 말하는 것 같다. 기술자도 글을 쓰는 시간이 아니라 기술자가 글을 쓰는 시간이. 혹은 일반적으로, 삶이 없는 사람이 아니라 삶을 가진 사람이. 나는 여기에 왠지 유레카의 계기가 있는 것만 같다.

맑스가 "노동"과 "노동력"의 구분을 발견했을 때, 그의 친구 엥겔스는 유레카를 외치면서 이렇게 말했다.

"노동"의 가치에서 출발했던 한, 가장 뛰어난 경제학자들조차 부딪혀서 실패했던 난관은 우리가 그 대신 "노동력"의 가치에서 출발하자마자 사라진다. 오늘날 우리의 자본주의 사회에서 노동력은 다른 모든 상품과 마찬가지로 하나의 상품이지만, 아주 특수한 상품이다. 즉 그것은 특수한 속성을, 가치의 원천이 되는 가치 창조의 힘을 갖고 있으며, 더욱이 적절히 다루면 그것 자체가 가지고 있는 것보다 더 많은 가치의 원천이 되는 힘을 갖고 있다.[7]

조기조가 "노동력"과 "노동자"의 구분을 발견하는 곳에서, 그의 친구 이성민은 엥겔스의 저 구절을 다음과 같이 바꾸어 쓰고 싶어진다.

"노동"의 가치에서 출발했던 한, 가장 뛰어난 노동문학가들조차 부딪혀서 실패했던 난관은 우리가 그 대신 "노동자"의 가치에서 출발하자마자 사라진다. 오늘날 우리의 자본주의 사회에서 노동자는 다른 모든 사람과 마찬가지로 한 명의 사람이지만, 아주 특수한 사람이다. 즉 노동자는 특수한 속성을, 가치의 원천이 되는 가치 창조의 힘을 갖고 있으며, 더욱이 적절히 다루면 그것 자체가 가지고 있는 것보다 더 많은 가치의 원천이 되는 힘을 갖고 있다.

사실 노동자를 "노동력"이라고 부르는 것은 사람을 "인적자원"이라고 부르는 것만큼이나 이상하다. 그것은 오늘

• • •

7. 같은 글, 542쪽.

날 시인을 천재라고 부르는 것만큼 이상하다. 시인은 천재로서 소모되어왔으며, 노동자는 노동력으로서 소모되어왔다. 천재와 노동력은 별도의 원천을 갖는 창조의 힘이라기보다는 이제 서로를 알아보지 못하도록 둘로 나뉜 하나일지도 모른다. 그래서일까, 조기조가 본격적인 기술자가 되기 전에 시인도 되어야겠다는 마음을 먹은 것은? 그것이 그가 말하듯 "세상에 없는 말을 기술하는 기술자"(「기술자」)가 되려는 야망이었을까?

* * *

나는 요즘 기술자들의 작은 가게들이 빽빽하게 들어선 을지로에 자리를 잡은 한 디자인학교에서 디자이너들에게 은유를 가지고 글을 쓰는 기술을 가르치고 있다. 을지로는 "저기 기술자가 걸어간다"는 것을 금방 확인할 수 있는 곳이다. 그리고 스스로 기술을 배우지 않으면 안 되는 디자이너는 기술자의 가까운 친구들이다. 디자인 이론을 공부하던 중 나는 놀랍게도 디자이너의 핵심 기술이 "프레임 창조"라고 불리는 은유적 개념의 창조 기술이라는 것을 발견했다.[8] 그래서 나는 글쓰기에 동원되는 은유의 기술이 디자이너에게 바로 삶의 기술이라는 것을 깨닫게 되었다.

그들은 남의 삶이 아니라 자신의 삶을 가지고 글을 쓰고 싶어 한다. 그리고 나는 삶의 기술로 글을 쓰면 된다는 것을 가르치고 있다.

그들은 또한 한때 "가리봉"이라고 불렸고 지금은 "가산디지털단지"라고 불리는 곳으로 매일 아침 출근을 한다. 그곳은 한때 조기조 시인이 살았던 곳이다. 그곳의 벚꽃길 십 리를 가족과 함께 걸으면서 그는 이런 것을 관찰한다.

그런데 가리봉역이 보이지 않았습니다 꽃길을 따라 걸어
오는 동안 가리봉역이 사라지고 가산디지털단지역이 생겼
습니다 옥탑방도 외딴방도 거기 그렇게 다 있는데 가리봉
역사는 사라져버렸습니다.

– 「가리봉역사」, 부분

시인의 말이 맞기는 하지만, 어떤 의미에서 가리봉의 역사는 계속 이어지고 있는 것일지도 모른다. 기술자로부터 디자이너와 개발자로 말이다. 그들이 이제 글을 쓰고 책을 내기 시작하고 있으므로, 정말 천재가 등장했던 시간이 아니라 기술자가 등장하는 시간이 된 것일지도 모른다.

• • •

8. 키스 도스트, 『프레임 혁신: 디자인을 통해 새로운 생각을 창조하기』, 이성민 옮김, 도서출판 b, 2020.

그리고 기술자가 등장하는 시간이 될 때, 시의 기술과 삶의 기술은 일치하며, 원리는 바뀐다. 그리고 원리가 바뀌고 있다는 것은 삶의 곳곳에서 실제로 감지될 수 있지만, 이곳에서 처음 선언되고 있다.

기술자가 등장하는 시간

초판 1쇄 발행 2021년 02월 24일
　　　2쇄 발행 2021년 09월 10일

지은이 조기조

펴낸곳 도서출판 b
등　록 2003년 2월 24일 (제2006-000054호)
주　소 08772 서울시 관악구 난곡로 288 남진빌딩 302호
전　화 02-6293-7070(대) 팩시밀리 02-6293-8080
누리집 b-book.co.kr 전자우편 bbooks@naver.com

ISBN 979-11-89898-35-9　　03810
값_10,000원